ティアラちゃんのアン・ドゥ・トロワ

1

作＝しめのゆき　絵＝小野恵理

もくじ

この本《ほん》で登場《とうじょう》するのは……

ティアラ
このものがたりの主人公《しゅじんこう》。
スワン・バレエ・スタジオの生徒《せいと》。

シュシュ
ティアラの親友《しんゆう》。
スワン・バレエ・スタジオの生徒《せいと》。

ローザ先生《せんせい》
ティアラたちの先生《せんせい》。
スワン・バレエ団《だん》の
プリマ・バレリーナ
でもある。

キャンディ
ティアラの
友《とも》だちで、ライバル。
スワン・バレエ・
スタジオの生徒《せいと》。

ポピー
ティアラの親友《しんゆう》。
スワン・バレエ・
スタジオの生徒《せいと》。

おかあさん
ティアラとリラの
やさしいお母《かあ》さん。
ティアラたちの夢《ゆめ》を
おうえんしている。

チェリー
キャンディの
親友《しんゆう》。
スワン・バレエ・
スタジオの生徒《せいと》。

ソックス
気《き》が弱《よわ》い男《おとこ》の子《こ》。
スワン・バレエ・
スタジオの生徒《せいと》。

リラおねえさん
バレエがじょうずな
ティアラのおねえさん。
スワン・バレエ・スタジオ
の上級生《じょうきゅうせい》。

ポロン
学校《がっこう》でティアラと
同《おな》じクラスの友《とも》だち。

チコ
学校《がっこう》でティアラと
同《おな》じクラスの友《とも》だち。

ティアラのトウシューズ

ティアラはバレエが大《だい》すき！
じつはね、まだかなまだかなって
楽《たの》しみにしてることがあるの。
それは、トウシューズ！

ティアラたちがなんだか楽《たの》しそう。

「シュシュちゃんのポーチ、かわいいね」

「新《あたら》しいバレエの絵本《えほん》を買《か》ったの」

ティアラの首《くび》にかかった
ペンダントがきれい。

お日《ひ》さまの光《ひかり》をあびて、
キラキラとにじ色《いろ》にかがやいています。

「このトウシューズ？

お母《かあ》さんに買《か》ってもらったの」

「いいなあ、
わたしもほしいなあ」
なんていわれて、
ティアラはうれしくなってしまいました。

「なあんだ、トウシューズって、
ペンダントのことか」

キャンディがふふん、とわらいました。

「わたしのトウシューズ、見《み》せてあげる」

どうしてキャンディちゃんが
トウシューズをもっているの？

そこへローザ先生《せんせい》が入《はい》ってきました。

「さあ、レッスンをはじめますよ」

レッスン中《ちゅう》なのに、
ティアラの頭《あたま》のなかは、
キャンディのトウシューズで
いっぱい。
「ティアラちゃん、
つま先《さき》がちぢんでいますよ。
足先《あしさき》がもっと遠《とお》くを通《とお》るように」
先生《せんせい》の注意《ちゅうい》も耳《みみ》に入《はい》りません。
きょうのレッスンは
なんて長《なが》いんでしょう！

やっとレッスンがおわりました。
ティアラとシュシュは、
キャンディに、トウシューズを
どうしてもっているのか聞《き》いています。
「わたしのよ。ママに買《か》ってもらったの」
ティアラのおどろいた顔《かお》を見《み》ながら、
キャンディはすましていいました。
「ローザ先生《せんせい》が、
もうすぐトウシューズがはけるわね、
っておっしゃったから」

ティアラの目《め》には
なみだがこみあげてきました。
「いつ先生《せんせい》が
そんなことをおっしゃったの」
「あら、ママが先生《せんせい》に
聞《き》いてきたのよ」
というふたりのことばも、
あんまり悲《かな》しくなったので、
聞《き》こえません。
　ティアラは走《はし》って、
どんどん走《はし》って、
お家《うち》に帰《かえ》りました。
　ローザ先生《せんせい》は
「ティアラちゃんも
もうすぐトウシューズね」
っていってくれなかった……。

お母《かあ》さんの顔《かお》を見《み》たら、
なみだがあふれて
止《と》まらなくなりました。
「なにがあったの?」
ティアラは首《くび》から
ペンダントをはずして、
お母さんになげつけると、
自分《じぶん》のおへやのベッドに
もぐりこんでしまいました。

リラおねえさんのへやからは
『ドン・キホーテ』の
音楽《おんがく》が聞《き》こえてきます。

いつもだったらウキウキするのに、
きょうはぜんぜんちがう曲《きょく》みたいです。
「おねえさん、トウシューズでれんしゅうしてるのかな」
リラのおへやにはだれもいません。
床《ゆか》には、トウシューズがぬぎっぱなしになっています。
　キャンディちゃんはもうトウシューズで
立《た》てるようになってるかもしれない……。

どうして先生《せんせい》はわたしに
なにもいってくれなかったの？
キャンディちゃんはじょうずで、
わたしはへたなのかな。
「わたしだって、はけるもん！」
ティアラは、リラおねえさんの
トウシューズに足《あし》を入《い》れると、
「えい！」
ポアントにのってしまいました。

「うわ、こわい！」
まるで、トウシューズで立《た》っている部分《ぶぶん》に
ひびがはいって、ゆかがくずれてしまいそうです。
山《やま》のてっぺんから下《した》を見《み》おろしても、
こんなに高《たか》くかんじないかもしれません。
それでもティアラは
つぎの1歩《ぽ》をふみ出《だ》しました。
そして2歩《ほ》……。3歩《ぼ》めを出《だ》そうとして、
「いたい！」

すごい音《おと》をたててティアラがころんだので、
お母《かあ》さんとリラがとんできました。

リラは、トウシューズをぬがせながら
「ねんざしていないといいんだけれど……」
といいました。
そしてやさしくいったのです。
「ティアラ、トウシューズは
かってにはくと、ほんとうにあぶないのよ」
ティアラはいつまでもなきじゃくっていました。

「ねえ、ティアラちゃん、
どうしたの？」
　元気《げんき》がないティアラを
シュシュが心配《しんぱい》しています。
　ティアラは、
のどのおくのほうに、なにかが
つっかえてしまったみたい。
　ケガはなかったけれど、
あんまりおしゃべりをする
気《き》もちになれないんです。
　そこへローザ先生《せんせい》が
入《はい》ってきました。
「きょうはみなさんに
プレゼントがあります」

「これから、あなたたちは、
これをはいてレッスンするのよ」
はこのピンクのリボンをほどくと、
あちこちから歓声《かんせい》があがりました。
ベビー・ピンクのトウシューズ！
ローザ先生《せんせい》は、
みんなをビックリさせようと思《おも》って、
トウシューズのレッスンに入《はい》ることを
だまっていたのです。

ティアラはスキップしながら
お家《うち》に帰《かえ》りました。
「お母《かあ》さん、
トウシューズ、もらったの！」
「まあ、よかったわね、ティアラ！」
にこにこのお母《かあ》さんを見《み》て、
ティアラは
大切《たいせつ》なことを思《おも》いだしました。
「お母《かあ》さん、ごめんなさい。
ペンダントなげつけたりして」
　そのとたん、のどのおくのつかえが、
ポロリととれたみたいです。

お母《かあ》さんはにっこりしながら、
ティアラのトウシューズのうらに、
こう書《か》きました。
「大《だい》すきなティアラ、
バレリーナになっても、
きょうのうれしさをわすれないでね」
ティアラは、
お母《かあ》さんのむねにとびこみました。
「お母《かあ》さん、大《だい》すき。
わたし、がんばるからね！」

ティアラのシルフィード

もうすぐ、スワン・バレエ・スタジオの
みんなが楽《たの》しみにしていたべんきょう会《かい》。
ティアラたちは『シルフィード』を
踊《おど》ることになりました。

「はい！　先生《せんせい》」と、ティアラ。
「白《しろ》いチュチュをきた
シルフィードが、
人間《にんげん》の男《おとこ》の子《こ》を
すきになるお話《はなし》でしょ？」

ティアラは、リラおねえさんと
「シルフィード」のビデオを見《み》たばかりだったんです。
「だれがシルフィードを踊《おど》るんですか」
キャンディは「わたしがやります」といわんばかりです。

「それは『ラ・シルフィード』
のことね。
このクラスはみんなで踊《おど》るから、
『レ・シルフィード』にしたのよ」
ローザ先生《せんせい》がカセットテープを
かけました。
「『レ・シル』は、
森《もり》で、たくさんのシルフィードが
詩人《しじん》と踊《おど》るバレエです。
ものがたりはとくにありません。
ショパンの音楽《おんがく》をつかうから、
『ショピニアーナ』ともいわれるわね」
そのメロディは、まるで、
地上《ちじょう》にキラキラとふりそそぐ
月《つき》の光《ひかり》のようでした。

「じゃあ、詩人《しじん》は
だれがやるんですか」
「キャンディちゃん、
詩人《しじん》をやりたいの？
ざんねんだけど、
これは男《おとこ》の子《こ》の役《やく》なのよ」
え？　みんながおどろいて、
クラスでたったひとりの
男《おとこ》の子《こ》を見《み》ました。
「ソックス!?」
ソックスはまっ赤《か》になって、
うつむいてしまいました。
「先生《せんせい》、ソックスには
むりだと思《おも》います！」
チェリーがいいました。
チェリーとソックスとは、
とてもなかがわるいんです。

レッスンの帰《かえ》り道《みち》、
ティアラはさっそくリラにいいました。
「べんきょう会《かい》で『シルフィード』を
踊《おど》ることになったのよ」
「ティアラのクラスなら、
『ラ・シル』じゃなくて『レ・シル』でしょ。
みんながそろうと、きっととってもきれいよ」
「おねえさんは、何《なに》を踊《おど》るの?」
「『ドン・キホーテ』の
キトリのヴァリエーション。
べんきょう会《かい》では、
衣《い》しょうをつけないでしょ。
かわりに、赤《あか》いまきスカートを
つけてみようかと思《おも》って、
いまから見《み》にいくところなの」

　トウシューズをはいて
1曲《きょく》を踊《おど》るのは、
ほんとうにたいへんです。
「シルフィードはようせいでしょう。
アヒルをやるつもり？」
ローザ先生《せんせい》のためいきが聞《き》こえます。
みんなが右《みぎ》へ左《ひだり》へうごくたび、
ドタドタドタとすごい音《おと》！
「歩《ある》くときにも気《き》をゆるめないで！
つま先《さき》からゆかにつけて、
かかとをおろしながら力《ちから》をぬくのよ！」
　ステップに気《き》をとられて、
みんなの頭《あたま》がヒョコヒョコしています。

「もう、ソックスとは
踊《おど》らない！」
チェリーがソックスと
ケンカをするのは、何回《なんかい》めでしょう。
ローザ先生《せんせい》、大《おお》きなためいき。
ついに、チェリーとティアラの
ポジションをこうたいさせました。
みんなのレッスンを
よく見《み》ているローザ先生《せんせい》は、
ティアラのトウシューズのレッスンが
あまり進《すす》んでいないのを知《し》っていたのです。

でも、がんばりやの
ティアラちゃんなら、きっとできる。
このとき、ローザ先生《せんせい》はそう思《おも》ったんです。

なんとか、みんなの気《き》もちがまとまって、
うごきがそろうようになってきました。
でも、どうしたのでしょう？
ティアラとソックスの踊《おど》りだけ、
なんだかおもたいかんじがします。
とうとうキャンディがおこりだしました。
「ソックス！　そこにいたら、
わたしの手《て》がとどかないって、
何《なん》どいったらわかるのよ。
さっきから、ちっともきまらないじゃない！」
べんきょう会《かい》まで、あと少《すこ》し。
だいじょうぶでしょうか。

「早《はや》く行《い》ってれんしゅうしよう」

いきをはずませて、お教室《きょうしつ》につくと、ソックスがストレッチをしていました。

「ソックスくんも早《はや》いね」

ちょっとびっくりしたソックスは、小《ちい》さな声《こえ》でいいました。

「ぼく、へただから」

「わたしも、へただから」

ふたりは、「へたどうし」なんて思《おも》うと、おかしくなって、わらいました。

そういえば、ちゃんとお話《はなし》するのは、はじめてのことです。

「ティアラちゃん、
トウシューズで
踊《おど》るのがこわいの?
ポアントだと音《おと》に
おくれるみたいだからさ」
　このことばは、
ティアラのむねにささりました。
　リラおねえさんの
トウシューズをはいて、
ころんだときのいたさが
わすれられなかったんです。
「また、ころぶかもしれないと
思《おも》うと……」
　ソックスはにっこりわらうと
いいました。
「だいじょうぶ。
ぼく、しっかり立《た》っているから。
あんしんしてつかまって!」

さあ、ベビー・クラスの
『チューリップ・ダンス』がはじまりました。
いよいよきょうはべんきょう会《かい》です。

スワン・バレエ・スタジオでは、
スワン・バレエ団《だん》のリハーサル室《しつ》で
べんきょう会《かい》をします。
お客《きゃく》さまは、生徒《せいと》たち。
そのうえ、スワン・バレエ団《だん》の
バレリーナも見《み》にくるので、
とってもきんちょうするんです。

ティアラのクラスは、
白《しろ》いレオタードに白《しろ》いまきスカート、
それに白《しろ》いお花《はな》をつけるんですって！

「ない、ないよ、
わたしのトウシューズ！
どうしよう！」
ティアラはなきそうになりました。
たしかにこのバッグに
入《い》れておいたのに。
「だいじょうぶ、
きっと見《み》つかるよ。
ティアラちゃん、
いっしょにさがそう」
シュシュがさがしてくれます。
「トウシューズがないなら、
バレエシューズで踊《おど》れば」
チェリーがいいました。
　みんなもいっしょに
さがしてくれました。
でもありません。
あるわけがありません。

そう、あのときの話《はなし》を聞《き》いていたチェリーが、
かくしてしまったんですから。
「ソックスったら、ティアラにだけ、
どうしてあんなにやさしくするの？
わたしが何《なに》かいうと、
いつもビクビクするくせに」
チェリーはくやしくて、
ティアラがにくらしくなってしまったんです。
ティアラは、手《て》をギュッとにぎりしめて、
自分《じぶん》にいいました。
「なかないから、ぜったい！
いまないたら、踊《おど》れなくなるもの」

「ティアラちゃん、わたし、
よぶんにもってきてるから、はいてみて」
シュシュがトウシューズを
かしてくれました。
でも、ティアラの足《あし》には合《あ》いません。
もう、時間《じかん》がありません。

「ちょっと、チェリー」
キャンディがチェリーの手《て》を
思《おも》いっきり引《ひ》っぱりました。
「わたし見《み》てたよ。
早《はや》く出《だ》しなさいよ！
みんなの舞台《ぶたい》を
ダメにするつもり？」

シルフィードたちが
お客《きゃく》さまの前《まえ》にならびます。
トウシューズは出《で》てきたけれど、
ずっとにぎりしめていた
ティアラの手《て》は、小《ちい》さくふるえています。
ショパンの音楽《おんがく》がはじまりました。
ティアラのドキドキは、
ますます大《おお》きくなります。
前《まえ》を見《み》ると、ソックスと目《め》が合《あ》いました。
そう、あそこまで行《い》って、
トウで立《た》てばいいんだ。
「だいじょうぶ、
あんなにれんしゅうしたんだから」

ティアラは、思《おも》いきって、
踊《おど》りはじめました。

なりひびく音楽《おんがく》が、
「もっと踊《おど》ろうよ、もっと踊《おど》れるよ」
って、いっているみたいに聞《き》こえます。

風《かぜ》のドレスを着《き》ているように、
体《からだ》もかるいかんじがします。

トウシューズなんて、
ちっともこわくない！

そう思《おも》えたしゅんかんに、
大《おお》きなはくしゅ。

ああ、すごく楽《たの》しかった！

ティアラの招待状

ティアラは学校《がっこう》がおわると、
いつもバレエのレッスンばかり。
学校《がっこう》のお友《とも》だちはそんなティアラを
どう思《おも》っているのでしょう?
ちょっとのぞいてみることにしましょう。

ティアラは、学校《がっこう》が大《だい》すき。
学校《がっこう》へ行《い》く野原《のはら》の道《みち》も大《だい》すきです。
野原《のはら》は、白《しろ》つめ草《くさ》の白《しろ》い花《はな》でいっぱい!
まるで白《しろ》とみどりの
広《ひろ》い広《ひろ》いじゅうたんのようです。

気《き》もちのいい風《かぜ》が、
花《はな》のあまいにおいをはこんでくれます。

きょうの3、4時間《じかん》めは、図工《ずこう》の時間《じかん》。
野原《のはら》ですごしながら、何《なに》かを作《つく》る
「野原《のはら》で見《み》つけよう」のじゅぎょうです。
　ティアラは、白《しろ》つめ草《くさ》の花《はな》で、
花《はな》かざりをあんでいました。
「ほら、これをね、
重《かさ》ねたアクリル板《ばん》のふちにはるの」
しゃしんたてのできあがり！
　いっしょに花《はな》かざりを作《つく》っていた、
チコとポロンがいいました。
「ティアラちゃんって、
なんでもじょうずに作《つく》るよね」

「学校《がっこう》がおわったあと、
何《なに》をしてあそぶ？」
「ティアラちゃんもくるでしょ？」
ティアラはシュシュとの
やくそくを思《おも》いだして、
ちょっとこまってしまいました。
そこへ、ちょうど
シュシュが通《とお》りかかって、
いいました。
「ティアラちゃん。
きょうのやくそく、何時《なんじ》にする？」
きょうは、シュシュとポピーが
お家《うち》にあそびにくる
ことになっていたのです。

「シュシュちゃんって、となりのクラスよね」
「わたしたち、ティアラちゃんと
あそぶやくそくしてるから」
シュシュがだまって行《い》ってしまうと、
チコがいいました。
「ティアラちゃん、さいきん
わたしたちとあそばないよね」
「バレエ教室《きょうしつ》のべんきょう会《かい》があったから……」
「わたしたち、ティアラちゃんのこと、
しんじてるから」と、ポロン。

しんじてるって、どういういみだろ。
ティアラにはわかりません。
でも、なんだか、気《き》になってきました。
シュシュは、
ティアラが小《ちい》さいときからのお友《とも》だちです。
はじめてスワン・バレエ・スタジオを
見《み》にいったのは4才《さい》のとき。
そのときのことを思《おも》いだしました。
ティアラは、
お母《かあ》さんのせなかにかくれてばかり。
そんなある日《ひ》。
ティアラの手《て》をギュッとにぎって、
かがみの前《まえ》につれていってくれた手《て》の
小《ちい》さかったこと……。
それからずっとシュシュはお友《とも》だち。

　学校《がっこう》がおわって、
シュシュとポピーが
ティアラのおうちに
あそびにきました。
「だいじょうぶだった？」
と、シュシュ。
「うん」
と、ティアラはいいましたが、
なぜシュシュが
そんなことを聞《き》くのか、
よくわかっていません。
　ふと、リラのおへやから
『白鳥《はくちょう》の湖《みずうみ》』が聞《き》こえてきました。
「『ドン・キホーテ』
ばかり聞《き》いていたのに、
こんどは『白鳥《はくちょう》』に
なったのかしら？」
　ティアラは、おねえさんに
聞《き》いてみようと思《おも》いました。

シュシュとポピーにとって、
リラは、バレエ学校《がっこう》のあこがれのおねえさんです。
「まだないしょね」と、
リラはうれしそうにいいました。
「スワン・バレエ団《だん》の『白鳥《はくちょう》の湖《みずうみ》』に
コール・ド・バレエで出《で》られるかもしれないの」
「すごい！　おねえさん、まだ生徒《せいと》なのに？」
「団《だん》の舞台《ぶたい》に出《で》られるの？」
「いつ？」
　そして、3人《にん》は、
リラが話《はな》すオデットのものがたりを、
むちゅうになって聞《き》きました。

つぎの日《ひ》、
ティアラはチコとポロンに
「おはよう！」と元気《げんき》に
あいさつしました。
　ところが、ふたりとも知《し》らんぷり。
ティアラはむねがチクチクしました。
「きのうは、ごめんね。
あそべなくて」と、ティアラ。
「ティアラちゃん、
きょうはあそべるの？」
「きょうは、バレエが……」
「やっぱりね。ティアラちゃんは、
わたしたちより、
バレエのほうが大切《たいせつ》なのよ」

　そのことばに、
ティアラのむねはズキズキしてきました。
「わたし、そんなこと考《かんが》えてない」
ティアラはいいました。
　お友《とも》だちとバレエを
くらべたことなんかありません。
「バレエがあるからあそべないっていうくせに。
バレエの友《とも》だちとはあそんでるじゃない」
と、チコ。
　そして、ポロンはこういいました。
「しんじてるっていったのに。
ティアラちゃんは、うらぎったのよ！」

その日《ひ》、ティアラはひとりぼっちでした。
体育《たいいく》の時間《じかん》、
いつもはとべるとびばこが、とべませんでした。
音楽《おんがく》の時間《じかん》、
ふだんはじょうずにふける
リコーダーをまちがえてしまいました。
算数《さんすう》の時間《じかん》、
計算《けいさん》もんだいがとけなくて、
じゅぎょうがおわってからやっとできました。
お当番《とうばん》なのに、
じゅぎょうのおわりの
あいさつをいうのをわすれました。
そしてティアラは、ひとりで帰《かえ》りました。

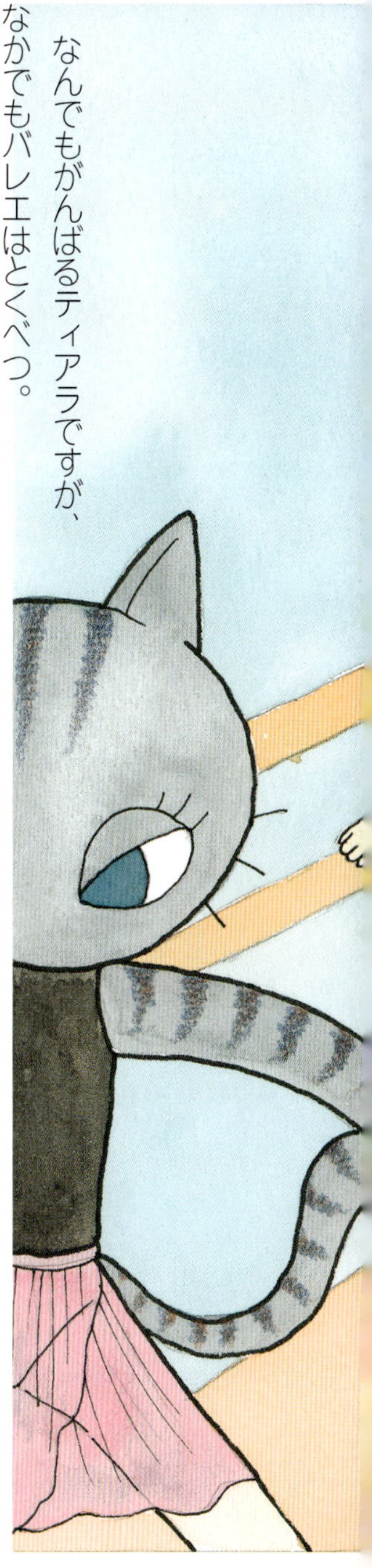

なんでもがんばるティアラですが、
なかでもバレエはとくべつ。
　バレエのレッスンをしているときには、
いやなことも、うれしいことも、ぜんぶわすれてしまいます。
「タンデュは、つま先《さき》にいしきを集中《しゅうちゅう》して。
脚《あし》をかえるときにフラフラしてはダメよ」
　ローザ先生《せんせい》は、きそがとても大切《たいせつ》だと教《おし》えてくれます。
「ティアラちゃん、親《おや》ゆびに体《たい》じゅうをのせないで」
　もっともっとじょうずになりたい。
ティアラはそう思《おも》ってレッスンします。

　ティアラは、ゆうきを出《だ》そう、と思《おも》いました。
そして、長《なが》い時間《じかん》をかけて、手紙《てがみ》を書《か》きました。
学校《がっこう》のおひる休《やす》み、ティアラは
チコとポロンに手紙《てがみ》をわたしました。
　心《こころ》をこめて、書《か》いたのです。
「しょうたいじょう——　チコちゃんとポロンちゃんへ。
わたしがバレリーナになったとき、
はじめての舞台《ぶたい》に、かならずごしょうたいします。
　——ティアラより」

「しんじてる、
うらぎったっていわれたとき、
いみがわからなかった。だって、
チコちゃんとポロンちゃんは、
いつでも大切《たいせつ》なお友《とも》だちだから。
でも、バレエは、とくべつなの」
「とくべつって、なに？」
「わたしはバレリーナになるの」
「なれないかもしれないじゃない」
「バレリーナになれなかったら、
なんて考《かんが》えたことないの。
バレエを踊《おど》ってないわたしなんて、
わたしじゃないもん」

「でも、チコちゃんとポロンちゃんに、
いやな思《おも》いをさせてしまったのに
気《き》がつかなくて、ごめんなさい」
だから、とティアラ。
「バレリーナになったとき、
いちばん大切《たいせつ》なお客《きゃく》さまとして、
しょうたいしたいの」
「うん……。
わたし、ティアラちゃんがわたしたちのこと、
すきじゃないって思《おも》ってた。
だからいじわるしたの」
と、チコ。
「あーあ。
ティアラちゃんをバレエにとられちゃった。
バレリーナになるなら、しょうがないかな」
と、ポロン。
3人《にん》ははずかしくなって、わらっていました。

5時間《じかん》めは、音楽《おんがく》はっぴょう会《かい》のれんしゅうです。
学年合同《がくねんごうどう》の歌《うた》のれんしゅうがはじまりました。
ピアノのばんそうは、ティアラです。
「ねえ、チコちゃん。ティアラちゃんって、
がんばりやさんなのよね」
「うん。ほんとうにバレリーナに
なれるかもしれないね」
「そうしたら、
ファンクラブ作《つく》って、
おうえんしてあげようか」

ティアラのもの知りノート

知っているともっと楽しい！

【作品】【バレエ用語】解説：新藤弘子
【ウェア＆グッズ】解説：クララ編集部

ウェア＆グッズ

バレエシューズ

バレエシューズは、やわらかい革《かわ》やキャンバス地というじょうぶな布《ぬの》でできています。全体がやわらかく、つま先、ゆび、甲《こう》、足の裏《うら》などを充分に動《うご》かせるので、足の筋肉《きんにく》をきたえることができます。レッスンでは、「ルルヴェは床《ゆか》を押《お》して、タンデュは床をこするように、ジャンプは床を蹴《け》って」などと言《い》われますね。バレエシューズにはかたい靴底《くつぞこ》が入っていないので、シューズを通して、床を感《かん》じることができます。レッスン後は、忘《わす》れずに陰干《かげぼ》ししましょう。サイズが合わなくなったり、やぶれてしまったら、新しいものに変《か》えるタイミングです。

レオタード

体にぴったりフィットするレオタード。踊《おど》りやすく、体のラインがはっきり見えるので、レッスンではかならずこれを着《き》ることになっています。ストレッチ性《せい》があり、やわらかい生地でできたレオタードは、体の凹凸《おうとつ》に合わせて、立体裁断《りったいさいだん》という方法で作られます。このため、年令や体型《たいけい》に合わせて、さまざまなタイプがあるのです。小学校高学年から中学生になると、おなかがぽっちゃりした子ども用よりも、女性らしい体に合わせたおとな用になります。洗うときは、ネットに入れるか、手洗いにすれば、生地を傷《いた》めず、長もちしますよ。

巻きスカート

選《えら》ぶときのポイントは、スカート丈《たけ》。お尻《しり》がかくれるくらいの丈のスカートは、脚《あし》を長く、スタイルをよく見せてくれます。お尻が小さい人は、ストンとしたシルエットのもの、大きめの人は、ふんわり広がったボリューム感のあるものにすれば、バランスよく見えます。リハーサルでは、スカートをつまんで踊る『ジゼル』のペザントのときなどに、スカートをつけることがあります。役柄《やくがら》に合わせて、巻《ま》きスカートの色や丈を選んでもいいですね。お教室によっては、レッスンではレオタードの上に何もつけてはいけないこともあるので、先生のお話をよく聞いて、ウェアを選んでくださいね。

作品

ラ・シルフィード

19世紀《せいき》ロマンチック・バ レエの傑作《けっさく》です。物語は、風（空気）の妖精シルフィードが人間の若者《わかもの》ジェームズに恋《こい》してしまうというもの。白いロマンチック・チュチュの背《せ》なかに羽根《はね》をつけたシルフィードは、とてもかわいらしい姿《すがた》です。1832年にパリ・オペラ座で初演《しょえん》されたときは、主役《しゅやく》のマリー・タリオーニが当時まだめずらしかったトウシューズをはいて踊り、「ほんとうに空気のように軽やか！」と大評判《ひょうばん》になりました。つまさきで立って優雅に踊るバレリーナのイメージは、この作品から生まれた、といってもいいでしょう。

トウシューズ

妖精《ようせい》のように、軽やかにつま先で立って踊れるのは、ゆびをおおう部分が、とてもかたくなっているから。中敷《なかじ》きと靴底《くつぞこ》にも板《いた》が入っていて、立ったときに足をサポートしてくれます。表側《おもてがわ》には、光沢《こうたく》のあるサテンという生地が使われていて、かかとにはリボンがついています。あこがれのトウシューズをはきこなし、華《はな》やかに踊るのは、じつはとてもたいへんなこと。上体が充分に引き上がり、足が強くなっていないとケガをしてしまいます。トウシューズは、かならず先生にお許《ゆる》しをもらってからはき、無理《むり》をせずに、じっくりレッスンしてくださいね。

チュチュ

チュチュには、ふたつの種類《しゅるい》があります。ひとつは、ふんわりとした長いスカートがついたロマンティック・チュチュ。『ジゼル』第2幕や『ラ・シルフィード』で妖精やウィリの幻想的《げんそうてき》な雰《ふん》囲気《いき》を表現します。村娘や町娘の衣裳《いしょう》も、同じタイプにふくまれます。もうひとつはクラシック・チュチュ。ボディの下にパンツがついていて、ウエストよりやや下から、はりのあるチュールのスカートが水平に広がっています。『白鳥の湖』のオデット／オディールや『ドン・キホーテ』のキトリのように、脚のラインや細《こま》かい脚さばきが見える踊りのときに着ます。

ティアラ

『眠れる森の美女』のオーロラ姫《ひめ》や『白鳥の湖』のオデット／オディールを踊るときにつけるティアラ。豪華《ごうか》な飾《かざ》りになるだけでなく、身分の高さを表しています。ティアラをつけたときは、お姫さまらしく、優雅《ゆうが》に踊りましょうね。同じ主役でも、『コッペリア』のスワニルダや『ドン・キホーテ』のキトリのような、街《まち》や村に住む人は、ふだんはティアラをつけません。ただし、結《けっ》婚式《こんしき》などの華《はな》やかな場面では、村娘などでもティアラのような飾《かざ》りをつけることもあります。衣裳のデザインや頭の形に合わせ、あまり重すぎないものを選んでくださいね。

ボリショイ・バレエ「レ・シルフィード」　写真／山本成夫

レ・シルフィード（ショピニアーナ）

『ラ・シルフィード』とよく似《に》た題名ですが、こちらは20世紀に入ってからの作品。フランス語で「レ（les）」は複数《ふくすう》のものにつく言葉で、「レ・シルフィード」は「風の妖精たち」という意味になります。物語はとくになく、1人の青年詩人《しじん》とたくさんのシルフィードたちが森のなかでくりひろげる美《うつく》しい踊りが、このバレエの「主役」。ショパンの音楽にのって、シルフィードたちがかわるがわる踊るワルツやマズルカ、プレリュードなどは、うっとりするほどきれいです。『ショピニアーナ』という作品名で呼ばれることもあります。

白鳥の湖

古典バレエのなかでも、いちばん有名なのがこの作品でしょう。チャイコフスキーの美しいメロディは、バレエファンでなくてもきっと聞いたことがあるはず。悪魔《あくま》ロットバルトに白鳥の姿にされてしまったオデット姫と、彼女を救おうとするジークフリート王子の運命《うんめい》の恋が感動的《かんどうてき》です。ほとんどの場合、主役のバレリーナはオデットと悪魔の娘オディールの2役を踊ります。オディールが舞踏会《ぶとうかい》で見せる32回連続のグラン・フェッテで、観客の盛り上がりも頂点《ちょうてん》に！　きれいにそろった白鳥たちのコール・ド・バレエも見どころです。

キーロフ・バレエ「白鳥の湖」　写真／山本成夫

ドン・キホーテ

セルバンテスの小説《しょうせつ》をもとにした『ドン・キホーテ』は、人気抜群《ばつぐん》の楽しいバレエです。主人公は、かわいらしくちょっと勝ち気な宿屋《やどや》の娘キトリと、床屋《とこや》の若者バジル。スペインを舞台に、2人のラブ・ストーリーがにぎやかにくりひろげられます。第3幕《まく》の結婚式で2人が踊る華やかなグラン・パ・ド・ドゥは、バレエ・コンサートでも大人気。そのなかでキトリが踊るヴァリエーションも、発表会やコンクールでよく踊られます。ミンクスの音楽は明るくて踊りやすく、聞いていると体がしぜんに動きだしそう！

リラ

ティアラのおねえさんと同じ名前のリラは、うすむらさき色のきれいな花をつける、すらりと背《せ》の高い木。ライラックとも呼《よ》ばれ、初夏《しょか》のさわやかな空を背景《はいけい》に、すてきな香りをただよわせます。『眠れる森の美女』に出てくるリラの精も、たいていうすむらさき色の衣裳を着ていますね。カラボスの呪《のろ》いからオーロラ姫を守り、デジレ王子をいばらの城《しろ》に連れてきてくれる、やさしいリラの精。ちょっぴり大人《おとな》っぽくすらりとしたダンサーが踊ることが多いので、おねえさんのイメージにはぴったりかもしれません。

バレエ用語

スタジオ

バレエのレッスン場やバレエ学校のことをスタジオと呼びます。バレエを習うところにもいろいろあって、バレエの先生が少人数の生徒を集めて教えている独立《どくりつ》したお教室もあれば、ティアラやシュシュたちが通っているスワン・バレエ・スタジオのように、バレエ団に付属《ふぞく》しているバレエ学校もあります。そういうバレエ学校では、ローザ先生のようなバレエ団のプリマ・バレリーナが練習を見てくれることもあります。「卒業したら先生みたいに踊ってみたい！」という目標《もくひょう》を持ってがんばるのも、はげみになりますね。

ポジション

体のポジションは、バレエのいちばんの基本。脚には、みなさんもよくご存《ぞん》じの第１から第５までのポジションがあります。ジャンプや回転も含《ふく》めたバレエのすべての動きが、これらのポジションのどれかからスタートします。これらのポジションをとるときの共通のポイントは、脚を付け根からしっかり外に向けて開くこと（アン・ドゥオール）。ただし初心者は無理をしないで、レッスンを重ねて少しずつ開いていくようにしましょう。腕にも、アン・バー、アン・ナヴァン、ア・ラ・スゴンド、アン・オーという４つの基本ポジションがあります。

発表会

バレエを習っている人たちが、お友だちや家族の人に毎日の練習《れんしゅう》の成果《せいか》を見てもらうのが、発表会や勉強会。バレエを始めたばかりの子どもたちから上級クラスまで、いろいろなレベルの人が出演《しゅつえん》します。バレエ団の公演《こうえん》のようなプロの舞台とは違うけれど、衣裳をつけ、ライトを浴びてお客さまの前で踊るのは、レッスンで踊るのとはまったくちがう経験《けいけん》。プロのダンサーのたいへんさが、ちょっぴりわかるかもしれません。ドキドキしてあがってしまうこともあるけれど、かえってレッスンのときよりいい踊りができることもありますね。

トウ

英語のトウは足のつまさきを表わす言葉。トウで立って踊るための靴《くつ》だから、「トウシューズ」というわけです。フランス語のポアントもつまさきのことですが、つまさきで立って踊ることやトウシューズのこともポアントというので、先生がどの意味で使っているか、よく考えてね。バレエを習いはじめると、１日もはやくトウシューズをはいてみたくなりますが、基本がしっかりできていないと、足を痛《いた》めることになってしまいます。ティアラたちのように、ちゃんと先生のお許しが出てからにしましょう。

タンデュ

正式にはバットマン・タンデュといい、バレエを習いはじめたら必ずおこなう、もっとも基本的なレッスンのひとつです。第１ポジションまたは第５ポジションから、つまさきを床につけたまますべらせるように足を出し、またもとの位置に戻《もど》します。この動きをくりかえすことで、少しずつ足が強くなり、きれいにのびたつまさきができるのです。憧《あこが》れのバレリーナたちの美しい脚のラインも、毎日のタンデュのレッスンで磨《みが》きあげられてきたにちがいありません。タンデュという言葉には「ぴんと張《は》る」という意味があります。

ソリスト

ソリストは、バレエ作品のなかの１人から数人で踊るパートをまかされるダンサー。たとえば『眠れる森の美女』の青い鳥やフロリナ王女、『白鳥の湖』のパ・ド・トロワやスペインの踊り、『ジゼル』のペザントのパ・ド・ドゥなどで活躍《かつやく》するのがソリストです。バレエ団では主役ダンサーとコール・ド・バレエの中間の地位《ちい》ですが、ソリストの踊りがすばらしければ、舞台がぐっと盛り上がるのはみなさんもご存じのとおり。ここで注目され、主役ダンサーへの道を駆《か》け上がるダンサーも少なくありません。

ヴァリエーション

１人の踊りのこと。グラン・パ・ド・ドゥでは男女がいっしょに踊るアダージオとコーダの間に、女性、男性がそれぞれ１回ずつヴァリエーションを踊ります。キトリが扇《おうぎ》を持って踊る『ドン・キホーテ』のヴァリエーションや、『眠れる森の美女』のオーロラ姫、『くるみ割り人形』の金平糖《こんぺいとう》の精のヴァリエーションなどがとくに有名。ヴァリエーションがコンクールの課題《かだい》になることが多いのは、女性の優雅《ゆうが》な身のこなし、男性の力強いジャンプや回転など、それぞれのよいところがはっきりわかる振付《ふりつけ》が多いからでしょう。

コール・ド・バレエ

コール・ド・バレエは、バレエ団のなかで、『ジゼル』のウィリたちや、『白鳥の湖』の白鳥たちのような、群舞《ぐんぶ》を踊る人たちのこと。また、群舞の場面《ばめん》そのもののこともコール・ド・バレエといいます。バレエ学校を卒業《そつぎょう》してバレエ団に入団した若いダンサーは、ほとんどの場合、まずコール・ド・バレエに入り、それからソリスト、そして主役を踊るダンサーへとステップを昇《のぼ》っていきます。リラのように優秀《ゆうしゅう》な生徒は、卒業していなくても、コール・ド・バレエのひとりとして特別《とくべつ》にバレエ団の公演に参加《さんか》することがあります。

バレリーナ

現在、バレリーナといえば女性のバレエ・ダンサーのことをさすのがふつう。でも、もともとバレリーナは、バレエ団で主役を踊ることのできる女性ダンサーを表わす言葉でした。プリマ・バレリーナは、そのなかでも最高のバレリーナ、という意味。さらに「完璧《かんぺき》なプリマ・バレリーナ」のことを指《さ》す、プリマ・バレリーナ・アッソルータという言葉もありますが、現在までにこの呼び名を認《みと》められたのは、マチルダ・クシェシンスカヤ、マーゴ・フォンティーンなど、ほんのわずかのバレリーナしかいません。

ティアラたちと夢を見つづけたい

藤堂眞子（とうどう・まさこ）

★トウシューズをはくには

ティアラちゃんたちって、小学校の3、4年生くらいなんでしょうか？　第1話は、トウシューズを先生にいただいて、喜んでいるところですね。トウシューズをはくには、体がととのってから、とよくいわれます。最初は腹筋背筋も弱くて、立っていてもヘロヘロ。

それが、プリエやタンデュを積み重ねるうちに、だんだん足首がシェイプされてきて、膝から下のラインもきれいになってくる。その上、センターでの8つの方向がわかるようになり、先生の注意もきちんと理解できるなら、そろそろトウシューズをはける時期。

気をつけなければいけないことは、それが完璧にできるようになるまで待っていると、立つのに最適な瞬間をのがしてしまうことがあるんです。その時期をのがすと、ぎゃくにトウシューズがこわくなってしまう。

ですからポアントで立ちやすい体重のうちに、はかせるということも大切です。ポアントに立てば、背中がきちんとのびます。1点に立つことを覚えると、体の使い方もかわってくるものなんです。高い位置を知ると、ルルヴェの位置も高くなります。ふつう、ア・テールからルルヴェになりますが、その感覚をつかめない子は、ぎゃくにポアントからルルヴェ、ア・テールにおりたほうが、体が覚えやすい。

そういえば、ティアラちゃんが、「キャンディがトウシューズをはいてる」って泣いちゃうシーンがありましたね。（第1話）身につまされる話です。途中で入ってきた子が前のお教室でトウシューズをはいていた場合、一応トウシューズをはかせてみます。ところがわたしのお教室では同じレベルの子たちがまだはいていなかったりすると、「どうしてあの子だけ？」ってなりますよ。

ローザ先生のお話を読んで「先生たちはちゃんと考えているのね」ってわかってくれるといいんだけど。（笑）

★自分を見つめる

3、4年生の時期は、小学校の中間地点。高学年になって進学や部活の問題に直面する前のこの時期に、自分とバレエの関わり方が見つかるといいですね。

　先生たちは、生徒たちのほんのちょっとした変化も見逃さないようにしています。このあいだできなかったこと、注意を受けたことをやろうと努力してくれているのがわかるととってもうれしい。それで、先生がうれしそうにそれを認めてあげると、生徒もうれしい。

　そういうやりとりのなかで、先生は、ほかの人と比較して、じょうずへたを問題にしているわけではないんだということがわかるようになるんですね。それが、自分らしいバレエとの関わり方につながっていきます。

　小学生のうちは、先生と自由にお話しをするというのも必要です。自由に発言できる時期に、その発言をおさえこんでしまうと、子どもは表現することをやめてしまう。心が育たなくなってしまうんですよ。表現する心、バレエを好きだっていう気持ち。それらを素直にのばしてあげたいですね。そうすれば自分をかえていこうという気持ちにつながっていきます。

★自分の世界にはいる

　わたしはイメージのなかに自分を置くのがとても好きな子どもでした。自分だけの想像の世界というのをもっていたんですね。バレエは非現実の世界。劇場という夢空間で作られる夢の物語を踊るわけです。テクニックを研くと同時に、自分の世界を広げていくのも必要だと思います。

　この「ティアラちゃんのアン・ドゥ・トロワ」には、子どもの小さな悩みや友だちのこと、想像の物語などが織り込まれています。決して刺激的な強さではなくて、バレエに対する愛情がやわらかく育つように書かれているんですね。

　いまの子たちは塾や習いごと、勉強などの合間をぬってバレエをやっています。だからこそバレエを大切にして、ていねいにつき合ってほしい。そうすればティアラちゃんたちのように少しずつじょうずになっていくのよって、わかってもらえればいいですね。

　それぞれのレベルに壁はつきもの。それをクリアすると、またつぎの壁があらわれる。また壁ね、くらいの気持ちで前に進んでいってほしい。そのために、子どもたちの背中をいつでもささえていてあげたいと思っています。

藤堂眞子
5歳より広島で洲和みち子に師事。1975年、東京バレエ団入団。1983年、単独で渡仏、ジルベルト・メイヤーに師事する。ヨーロッパ公演では、パリ・オペラ座、ミラノ・スカラ座などで数多くの主役を踊る。1983年、『ドン・ジョバンニ』『ロミオとジュリエット』をモーリス・ベジャールと共に振付ける。1984年には20世紀バレエ団25周年記念ガラ公演に各国のトップダンサーと並んで『詩人の恋』を踊った。現在は、東京バレエ団特別団員として籍を残し、広島で藤堂眞子バレエ・アカデミーを主宰。

ティアラちゃんのアン・ドゥ・トロワ1
作＝しめのゆき　絵＝小野恵理

2003年6月20日　初版発行
2009年2月10日　第6刷
発行所：株式会社 新書館　〒113-0024　東京都文京区西片2-19-18
編集／TEL 03-3811-2871　FAX 03-3811-2623
営業／〒174-0043　東京都板橋区坂下1-22-14　TEL 03-5970-3840　FAX 03-5970-3847
表紙・本文レイアウト：SDR（新書館デザイン室）
印刷：加藤文明社
製本：若林製本

Printed in Japan　ISBN978-4-403-33009-4